Carmen Martins

Nada melhor que um

**DIFUSÃO
CULTURAL
DO LIVRO**

Copyright © 2006 Editora DCL.

Editora
Eliana Maia Lista

Coordenação editorial
Daniela Padilha

Gerente de arte
Daniela Máximo

Capa e projeto gráfico
Clayton Barros Torres

Revisão de texto
Ana Paula dos Santos

Iconografia
Renato Maia Lista

Supervisão gráfica
Roze Pedroso

Crédito das imagens
Stock Photos
Páginas 6; 19; 34; 43; 44; 48; 50; 56.

Dreamstime
Páginas 8; 10; 20; 38; 40; 42; 54.

Stock.xchng
Páginas 15; 30; 49.

BigstockPhoto
Página 11.

Getty
Páginas 16: Jens Koenig; 21: Hulton Archive; 24 e capa:
Victor Jorgensen; 26: Paul Vozdic; 46: Jean-Noel Reichel.

IstockPhoto
Páginas 12; 14; 18; 22; 28; 32; 36; 37; 52.

Fontes consultadas:
Dossiê do Beijo: 484 Formas de se Beijar,
de Pedro Paulo Carneiro. Editora Catedral das Letras.
Guia dos Curiosos, de Marcelo Duarte. Editora Cia das Letras.

Dados Internacionais de Catalogação na Publicação (CIP)
(Câmara Brasileira do Livro, SP, Brasil)

Martins, Carmen
 Nada melhor que um beijo / Carmen Martins. —
São Paulo : DCL, 2006.

ISBN 85-368-0067-4

1. Beijo 2. Conduta de vida I. Título.

06-0838   CDD – 394

Índice para catálogo sistemático:

1. Beijo : Costumes 394

Todos os direitos desta
obra reservados à

DCL – Difusão Cultural do Livro Ltda.
Rua Manuel Pinto de Carvalho, 80
Bairro do Limão
CEP 02712-120 – São Paulo/SP
Tel.: (0xx11) 3932-5222
 http://www.editoradcl.com.br
E-mail: dcl@editoradcl.com.br

E há sempre uma canção
Para contar
Aquela velha história
De um desejo
Que todas as canções
Têm pra contar
E veio aquele beijo
Aquele beijo

(*Fotografia*, de Tom Jobim)

Tem de todos os tipos: Quente,

*Em termos
científicos,
o beijo é descrito
como justaposição
anatômica dos dois
músculos orbiculares
da boca no estado
de contração.*

Lambuzado.

Ou pelo vento.

97% das mulheres quando beijam fecham os olhos, enquanto apenas 30% dos homens fazem o mesmo.

Ou de confiança.

De novela

Ou o começo da eternidade.

Ao longo da vida, uma pessoa troca em média 24 mil beijos de todos os tipos.

Pode ser de boas-vindas

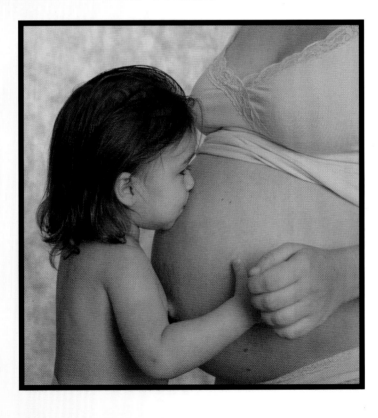

Ou de despedida.

Programado

Em Seattle, Washington (EUA), em 1998, foi fundada a Academia do Beijo.

A famosa foto de Alfred Eisenstaedt retrata o encontro de um soldado e de uma enfermeira, na Times Square, em Nova York, após o fim da Segunda Guerra mundial.

Αραιχοnαdο

Ou de um grande amor.

O beijo apaixonado pode significar a aplicação de uma pressão de até 12 quilos sobre os lábios.

Dado,

Um beijo movimenta 29 músculos, 12 dos lábios e 17 da língua.

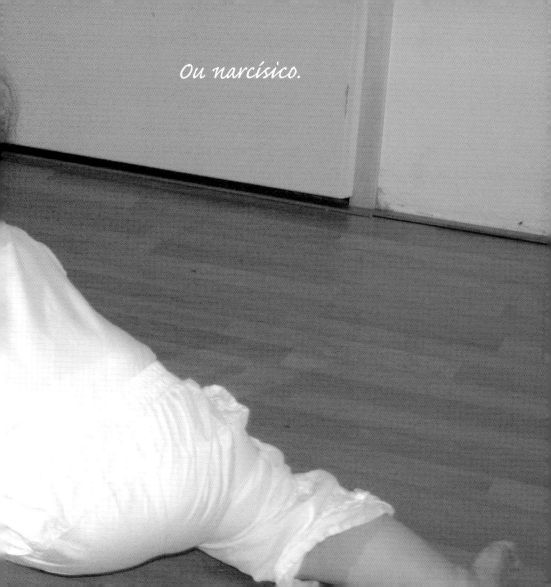

Tem um dia só pra ele.

Todo mundo espera ansioso pelo primeiro beijo.

E mais ainda se for do príncipe encantado!

O coração vai às alturas.

Parece até que vai explodir.

Tem em todas as línguas, culturas e tribos.

Na Rússia, as pessoas se cumprimentam com um selinho. Tanto entre homens quanto entre mulheres.

E faz qualquer um enlouquecer.

"Pois há menos peixinhos a nadar no mar do que os beijinhos que eu darei na sua boca."

Chega de saudade, *de Antonio Carlos Jobim e Vinicius de Moraes*

Um beijo pode passar até 250 vírus e bactérias de uma boca para outra.

Existe uma ciência que se dedica ao estudo do beijo. Trata-se da filematologia.

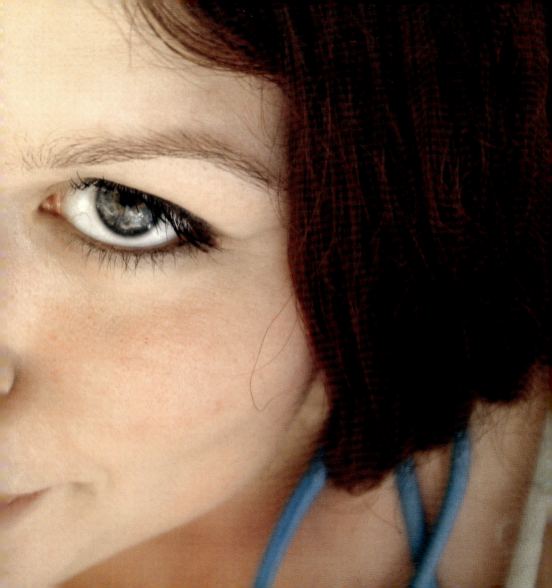